CATASTROPHE!

OURAGAN

Frieda Wishinsky

Illustrations de Don Kilby

Texte français de Martine Faubert

Catalogage avant publication de Bibliothèque et Archives Canada

Wishinsky, Frieda
[Hurricane! Français]
Ouragan / Frieda Wishinsky ; texte français de Martine Faubert.

(Catastrophe!)
Traduction de : Hurricane!
ISBN 978-1-4431-5366-9 (couverture souple)

I. Faubert, Martine, traducteur II. Titre. III. Titre: Hurricane!
Français.

PS8595.I834H814 2016 jC813'.54 C2016-901250-6

Édition publiée par les Éditions Scholastic, 604, rue King Ouest, Toronto (Ontario) M5V 1E1

5 4 3 2 1 Imprimé au Canada 121 16 17 18 19 20

Références photographiques - page couverture : maison : © Victor Zastolskiy/ Shutterstock, Inc.; vagues : © Ronnie Chua/Shutterstock, Inc.; arrière-plan d'orage : © isoga/Shutterstock, Inc.; voiture : © Aleksandar Todorovic/ Shutterstock, Inc.; carte en arrière-plan : © Bulletin of the American Meteorological Society, vol. 36, n° 6 (1955). Page 108 : © Weston Historical Society, Weston, Ontario.

À mon amie Rebecca Upjohn,
avec mes remerciements

CHAPITRE UN

16 octobre 1954

Michael monte sur une vieille chaise bancale et s'étire pour atteindre la fenêtre du grenier. Mais la chaise bascule et se brise. Il tombe à la renverse sur un caisson de bois. Son épaule droite heurte le bord du caisson.

Le plancher craque et se soulève. La pluie tambourine sur la toiture. Le vent hurle à rendre sourd.

Les mains tremblantes, Michael traîne une autre chaise branlante jusqu'au mur. Il la tient d'une main et, de l'autre, il se hisse jusqu'au bord de la fenêtre.

— Michael, où es-tu? appelle sa mère d'une voix paniquée qui perce au-dessus de la pluie torrentielle. Que se passe-t-il?

— Michael, vite! crie Paul. L'eau continue de monter dans la maison.

Le cœur de Michael bat si fort qu'il a du mal à réfléchir. Il passe la tête par la fenêtre. Paul, étendu sur le toit dégoulinant de pluie, s'agrippe à un tuyau. Sa mère, accroupie un peu plus haut, s'accroche de toutes ses forces à l'antenne de télévision. La pluie ruisselle sur leurs visages et leurs vêtements claquent au vent.

Ils entendent un cri venant d'en bas.

— Au secours! À l'aide!

D'autres cris traversent l'obscurité, des cris de désespoir qui leur parviennent malgré la pluie et le vent.

— Allez, Michael! dit sa mère. Dépêche-toi!

Michael a du mal à respirer.

Il sort enfin par la fenêtre, les pieds en premier. Puis, assis sur ses fesses, il se laisse prudemment glisser sur les bardeaux détrempés. Mais avant d'atteindre sa mère et Paul, son pied droit dérape sur un bardeau mal fixé.

Il glisse!

Il tend le bras dans l'espoir de s'accrocher à quelque chose, n'importe quoi qui puisse l'empêcher de tomber du toit, mais il n'y a aucune prise. Absolument rien!

Il bascule dans l'obscurité et s'enfonce dans l'eau glaciale.

CHAPITRE DEUX

15 octobre 1954

Michael enfile ses bottes de caoutchouc et dit à son meilleur ami :

— Allez, Paul! Dépêche-toi, sinon on va être en retard à l'école.

Paul lance son sac de voyage dans le placard de l'entrée. Sa mère vient de le déposer chez Michael. Tous les vendredis, les garçons dorment chez l'un et chez l'autre à tour de rôle. Ce soir, c'est Paul qui reste chez Michael.

Les deux garçons disent au revoir à la mère de Michael et sortent en courant.

Il pleut si fort depuis trois jours que la pelouse devant la maison est gorgée d'eau comme une éponge. Il y a de grosses flaques partout sur les trottoirs et dans les rues du quartier. Les garçons s'arrêtent au coin d'une rue avant de traverser alors qu'une voiture passe à toute vitesse en soulevant des gerbes d'eau. Ils reculent, mais trop tard. Ils sont trempés jusqu'aux genoux.

Paul grelotte de froid. Il rabat le capuchon de son imperméable sur sa tête.

— Je n'ai jamais vu autant de pluie, dit-il.

Michael repousse de la main les cheveux mouillés qui lui tombent sur les yeux.

— C'est peut-être l'ouragan Hazel, réplique-t-il. J'ai beaucoup lu au sujet des ouragans pour l'exposé du concours d'art oratoire qui a lieu la semaine prochaine.

Paul éclate de rire.

— Je parie que tu as déjà lu tous les livres de la bibliothèque qui portent sur les ouragans, dit-il. Tu te rappelles, l'an dernier, quand tu as participé au concours de 5e année? Tu savais absolument tout au sujet des volcans.

— C'est facile de lire, dit Michael. Par contre, faire un exposé, c'est autre chose. Je me passerais volontiers de me présenter devant toute la classe. Chaque fois, j'en ai mal au ventre.

— Ouais! dit Paul. Mais ton exposé était

intéressant et tout le monde était ravi quand tu as fait exploser ton volcan.

Michael lève les yeux au ciel.

— L'explosion n'était pas censée être *si* forte, dit-il. J'étais tellement embarrassé.

— Pas grave, dit Paul. Cette année, tu ne feras rien exploser. Ne t'en fais pas, ton exposé sera très bon. Tu es le meilleur pour faire des recherches.

Michael soupire. Il espère que Paul a raison. Les catastrophes naturelles comme les éruptions volcaniques, les tornades, les tremblements de terre ou les ouragans le passionnent. Ces événements se produisent subitement et tout change d'un coup. Il aime aussi écrire des histoires et des comptes rendus, mais il n'aime pas parler devant toute la classe!

L'an dernier, dès que Mme Murray l'avait invité à présenter son exposé, il avait eu mal au ventre. Il s'était levé pour se rendre devant la classe et ses jambes s'étaient mises à trembler, et ce, pendant toute sa présentation. Mais ce n'est pas tout. Il avait parlé d'une petite voix et n'avait pas arrêté de tousser et de s'éclaircir la gorge. Il était sûr que tout le monde l'avait remarqué.

Puis tout était allé de mal en pis. Il avait présenté son volcan de papier mâché. Mais, au lieu de couler sur les flancs du volcan, la lave avait giclé sur le tableau noir, sur le plancher, sur le bureau de Mme Murray et même sur sa robe. Le visage de Michael était devenu aussi rouge que la lave de son volcan.

Mme Murray avait été gentille avec lui, tout comme le concierge qui était venu nettoyer le dégât. Mais Jim et Yannick n'avaient pas cessé de l'embêter avec cet incident tout au cours de la semaine qui avait suivi.

Et voilà que, dans exactement une semaine, il devra se présenter devant sa classe de 6e année et faire un nouvel exposé. Chaque fois qu'il y pense, il se sent comme si on venait de lui donner un coup de poing dans le ventre.

Une autre auto passe et soulève une gerbe d'eau qui retombe sur le trottoir. Cette fois, les garçons font un saut de côté pour éviter de se faire tremper. Puis ils continuent de marcher sous la pluie en zigzaguant entre les flaques d'eau.

— Quel est le sujet de ton exposé cette année? demande Michael.

— Les requins, répond Paul.

— J'aurais dû le deviner! s'exclame Michael en riant. L'an dernier tu as parlé des calmars géants et des pieuvres. Tu adores vraiment tout ce qui concerne la mer.

— C'est vrai, répond Paul. Ma mère dit que c'est parce que je suis né à Vancouver et qu'on pouvait voir l'océan depuis notre appartement. Évidemment, je ne m'en souviens pas; j'avais seulement deux ans quand on a déménagé à Toronto. Mais j'adore la mer, ça, c'est sûr et certain. Et, tu sais, les requins sont étonnants! J'en ai vu deux énormes l'an dernier quand on a rendu visite à ma tante en Colombie-Britannique et qu'on a fait une sortie en mer. J'ai hâte de raconter *cette histoire* à toute la classe.

Paul sourit. Il aime parler en public. L'an dernier, il était arrivé troisième au concours d'art oratoire.

Michael aimerait bien se sentir aussi à l'aise.

Paul regarde sa montre.

— Oups! dit-il. On n'est pas en avance. On devrait prendre la passerelle pour traverser la rivière. Ce serait plus rapide.

— La passerelle? répète Michael, hésitant. Mais elle risque d'être glissante avec toute cette pluie. Mon père me répète toujours de ne pas passer par là parce que c'est dangereux.

— C'est ce que mes parents disent aussi, réplique Paul. Mais tout le monde à l'école l'emprunte et il n'y a jamais eu d'accident. Tout ira bien.

— Je sais, mais... dit Michael.

— Si on ne prend pas la passerelle, on va arriver

en retard, l'interrompt Paul.

— Bon, d'accord, abdique Michael en soupirant.

Puis il inspire profondément. *Ce n'est qu'un petit pont,* se dit-il. *Il ne faut que quelques minutes pour le traverser.*

— Dépêche-toi! crie Paul en courant vers la passerelle.

La pluie torrentielle continue de tomber. Le sol est jonché de feuilles mouillées et de branches cassées.

Michael frissonne quand un coup de vent froid rabat presque sa capuche. Il resserre le cordon pour empêcher que cela ne se produise.

Ils y sont presque. Il aperçoit la passerelle! Elle est plus haute que dans son souvenir et la rivière Humber passe dessous, agitée de grands remous.

Deux garçons sont sur la passerelle et crient en sautant à pieds joints.

On distingue à peine leurs visages à cause du rideau de pluie qui tombe. Ils sautent encore et encore, en rebondissant plus haut à chaque fois.

Ils rient et se chamaillent en se poussant l'un l'autre contre les rambardes. Ils se penchent pour regarder les flots mouvementés de la rivière qui passe en dessous. Puis ils courent jusqu'au bout de la passerelle.

Ils s'arrêtent et crient quelque chose à Michael et Paul. Mais ces derniers n'entendent pas ce qu'ils disent.

Paul atteint la passerelle le premier.

— Michael, regarde! dit-il. C'est Jim et Yannick. Ils nous attendent.

En les reconnaissant, Michael sent son estomac se nouer. Jim habite à quelques coins de rue de chez lui.

Si seulement ils pouvaient retourner sur leurs pas et ne pas prendre ce raccourci pour se rendre à l'école! Mais il est trop tard pour rebrousser chemin. S'ils ne prennent pas la passerelle, ils vont arriver en retard à l'école. Et pire encore, Jim et Yannick vont raconter à tout le monde qu'ils ont eu peur.

CHAPITRE TROIS

Paul court vers la passerelle. Dès qu'il y pose le pied, il glisse sur un amas de feuilles mouillées et atterrit sur le derrière. Jim et Yannick éclatent de rire en le montrant du doigt. Paul, sans les regarder, se relève et continue d'avancer.

Jim et Yannick se tournent vers Michael.

Paul est rendu au milieu de la passerelle quand Michael s'engage. À chaque pas, Michael sent son cœur qui accélère et sa poitrine qui se resserre. Il s'arrête un instant et respire profondément. Puis il continue.

Il avance prudemment. La rivière rugit sous la passerelle. L'eau est très haute et le courant, très fort. Chaque fois qu'une vague frappe le côté de la passerelle, on dirait que celle-ci va être emportée. Michael jette un coup d'œil sur les flots. L'eau monte! La passerelle risque d'être bientôt submergée!

Il continue d'avancer prudemment. La passerelle n'en finit plus!

Ne pense à rien. Continue de marcher.

La passerelle est glissante à cause des feuilles et des branches cassées qui la jonchent. Michael regarde ses pieds. Il avance lentement avec précaution en faisant de son mieux pour ne pas glisser. Il ne veut pas tomber.

Suis-je encore loin de l'autre bord?

Il lève les yeux. Il est seulement à mi-chemin. De l'autre côté, Paul pointe sa montre et lui fait signe de se dépêcher.

Jim et Yannick se sont réfugiés sous un grand érable et ne quittent pas Michael des yeux. Michael les voit bien maintenant, surtout Jim qui est nettement plus grand que son copain.

— Hé, Michael! Pourquoi es-tu si lent? crie Jim les mains en porte-voix afin d'être entendu malgré le hurlement du vent. As-tu peur?

— Je n'ai pas peur, dit Michael, sachant fort bien que sa voix le trahit.

— Je ne t'entends pas, Michael, rétorque Jim.

— Il dit qu'il n'a pas peur, crie Paul. Et c'est vrai.

— Tu parles! réplique Jim en s'esclaffant et en donnant un coup de coude à Yannick.

Ne les regarde pas. N'écoute pas ce qu'ils disent. Continue d'avancer.

Des feuilles mouillées, de petites branches pointues et des débris de cônes de pin tourbillonnent et lui bloquent la vue. Il courbe le dos et se couvre les yeux pour s'en protéger. En bas, la rivière gronde. La passerelle risque d'être inondée à tout moment.

— Il a peur comme un bébé! crie Yannick.

— Bébé lala, bébé lala! chantonne Jim.

— Arrêtez! dit Paul d'une voix qui couvre les deux autres. Fichez-lui la paix!

— Vous allez être en retard, dit Jim en riant. Michael ne va pas réussir à traverser à temps.

Michael bouille de colère. Il déteste se faire ainsi humilier par Jim et Yannick.

La pluie lui fouette le visage et lui brouille la vue. Mais il continue d'avancer en pressant le pas.

Il arrive enfin de l'autre côté! Il s'appuie sur les piliers de béton et se frotte les yeux.

— Tout virevoltait dans l'air, dit-il. Je ne voyais pas à deux pas devant moi.

— Je sais, dit Paul. On n'aurait peut-être pas dû prendre la passerelle aujourd'hui. Mais on y est arrivé. Allons-y! La cloche va bientôt sonner.

Michael inspecte les environs.

— Où sont passés Jim et Yannick?

— Ils ne voulaient pas être en retard, alors ils sont partis, répond Paul. Je leur ai dit que tu allais traverser à temps et tu as réussi. Mais là, on a intérêt à courir si on veut arriver avant la cloche.

— D'accord, dit Michael. Allons-y!

CHAPITRE QUATRE

Les garçons dépassent en courant les derniers pâtés de maisons jusqu'à l'école. Ils entrent dans la classe juste au moment où la cloche sonne.

Jim et Yannick sont déjà assis à leurs places. En apercevant Michael et Paul, ils leur font des grimaces et leur lancent des boulettes de papier, mais sans les atteindre.

— On ne vous manquera pas la prochaine fois, dit Jim.

Michael et Paul suspendent leurs manteaux trempés à des crochets, à côté des autres. Des parapluies noirs, bleus et arc-en-ciel sont appuyés contre le mur du fond.

Michael et Paul s'assoient à leurs pupitres qui sont côte à côte. Leur enseignant, M. Briggs, entre en coup de vent. Son manteau et ses cheveux sont trempés. Il prend un mouchoir propre dans le tiroir de son bureau et essaie de se sécher les cheveux, mais le mouchoir est trop petit pour être efficace.

— Les enfants, voici la parole du jour, dit-il. *Il faut toujours écouter les bons conseils.* Ce matin, ma femme m'a dit de prendre mon parapluie, mais j'étais déjà trop chargé et j'étais certain que la pluie allait finir par s'arrêter. Mais j'avais tort, semble-t-il.

Les élèves rient.

Tous les matins, M. Briggs leur présente une pensée ou une maxime. Parfois, il l'invente. Généralement, il la leur dit après leur avoir raconté une histoire ou expliqué un devoir à faire. Hier, après leur avoir conseillé d'utiliser différentes sources documentaires pour préparer leurs exposés, il leur a dit que la maxime du jour était : *Lisez tout ce que vous pouvez trouver sur votre sujet.*

Michael a déjà lu cinq livres sur les ouragans et

un bon nombre d'articles de journaux et de revues. Il a noté ses idées et, hier soir, il a commencé à pratiquer sa présentation orale devant le miroir de sa commode. Il espère ainsi se sentir moins nerveux quand il faudra parler devant la classe.

Il a aussi suivi l'actualité à propos du dernier ouragan, nommé Hazel, qui a balayé les Antilles. Maintenant, il fonce vers le nord après avoir frappé la Caroline du Nord et du Sud, aux États-Unis. Ce serait parfait de terminer son exposé général sur les ouragans avec l'ouragan Hazel.

— J'aimerais que vous m'expliquiez à tour de rôle le sujet dont vous allez nous entretenir la semaine prochaine, dit M. Briggs. Commençons par toi, Jim.

— Les motocyclettes, lance Jim en levant le pouce vers Yannick. Le meilleur sujet au monde.

Yannick lui répond en faisant un V avec les doigts pour victoire.

— Bon sujet, Jim, dit M. Briggs. Et toi, Mary?

— Les étoiles, répond-elle.

— Les étoiles de cinéma? demande M. Briggs.

Mary fait non d'un signe de tête.

— Non. Les vraies étoiles, celles qui sont dans le ciel.

M. Briggs sourit.

— Excellent, approuve-t-il. Et toi Michael.

— Les ouragans.

— C'est vraiment d'actualité avec toute cette pluie, dit M. Briggs. Heureusement, il n'y a pas d'ouragans à Toronto.

— S'il y en avait, Michael irait se cacher sous son lit, ricane Jim.

— Ta remarque est déplacée, Jim, lui reproche M. Briggs.

Michael devient rouge comme une tomate.

— Pardon, monsieur, grommelle Jim, manifestement sans aucune sincérité.

— Ne le laisse pas t'intimider, chuchote Paul à l'oreille de Michael. Tu connais Jim. Il veut gagner le concours oratoire.

Michael approuve de la tête. Depuis deux semaines, Jim n'arrête pas de dire qu'il va gagner.

— Michael, je sais que tu aimes faire des recherches et que tu arrives à de très bons résultats, dit M. Briggs. Peux-tu expliquer à la classe ta méthode de travail quand tu veux t'informer sur un sujet?

— Ouais, marmonne Jim qui est assis deux rangées derrière Michael. Vas-y, le chouchou.

M. Briggs lui adresse un regard sévère. Jim s'écrase sur sa chaise.

Michael explique qu'il prend une pile de livres à la bibliothèque et qu'il lit des articles dans les journaux et les revues. D'autres élèves expliquent qu'ils interviewent des gens. Ensuite, M. Briggs leur donne trois-quarts d'heure pour travailler à leurs exposés. Quand la cloche de la récréation sonne, il pleut encore.

— Récréation à l'intérieur! annonce M. Briggs.

Je dois m'absenter quelques minutes pour aller voir Mme James. Mais je serai tout près de la porte de la classe. Ne faites pas trop de bruit.

M. Briggs sort de la classe pour aller rencontrer la directrice adjointe. Dès qu'il a le dos tourné, Jim se lève.

— Hé, tout le monde! dit-il. Regardez!

Quelques élèves se retournent. Jim parle à voix basse pour ne pas que M. Briggs l'entende. Puis il pose ses mains sur le dossier d'une chaise et marche en titubant.

— Ça, c'est Michael qui traverse la passerelle au-dessus de la rivière Humber, dit-il. Une vraie poule mouillée!

Yannick s'esclaffe.

— Froussard toi-même, dit Paul. Je t'ai vu sursauter pendant l'orage, il y a quelques semaines.

— Menteur! rétorque Jim au moment où M. Briggs revient en classe.

— Merci, Paul, chuchote Michael tandis qu'ils

entament une partie d'échecs.

— Entre amis, on doit se tenir les coudes, dit Paul. Tu m'as défendu quand Jim m'a poussé parce que Yannick et lui voulaient avoir le meilleur emplacement pour jouer au baseball pendant la récréation.

— Et ils occupent toujours cet emplacement, dit Michael.

— Oui, c'est vrai, dit Paul. Au moins, tu leur as dit d'arrêter de nous bousculer. Mais ne pensons plus à eux. On joue au Monopoly ce soir et j'ai l'intention d'acheter beaucoup de propriétés. Je vais être le plus fort.

Michael sourit. Tous les vendredis soirs depuis le début de l'année scolaire, ils jouent au Monopoly. Ils gardent le compte des parties gagnées par chacun et, en ce moment, ils sont à égalité. Michael est bien décidé à prendre les devants ce soir. Il a vraiment hâte d'y être.

CHAPITRE CINQ

Quand la cloche annonce la fin des cours, Michael et Paul se précipitent dehors.

La pluie tombe encore plus dru que ce matin. Leurs imperméables claquent au vent. La pluie leur fouette le visage et leur brouille la vue.

— Cette pluie est infernale, dit Michael. Et il pleut de plus en plus. Pas question que je prenne la passerelle cette fois-ci.

— Ouais, tu as raison, dit Paul. J'ai encore mal aux fesses à cause de ma chute.

Ils traversent la rue et continuent d'avancer péniblement. Autour d'eux, les gens s'empressent de rentrer chez eux en serrant leurs sacs et leurs paquets, tentant de les garder au sec. Sur les trottoirs et dans les rues, les flaques d'eau grossissent à vue d'œil. Les roues des voitures et des autobus s'enfoncent dans l'eau et soulèvent des gerbes d'eau qui jaillissent et arrosent tout et tout le monde.

Michael essaie de s'essuyer le nez avec ses mains mouillées, mais c'est totalement inefficace. Il n'a qu'une idée en tête : rentrer à la maison et retirer ses vêtements trempés qui lui collent à la peau. Il est complètement transi. À côté, Paul serre son imperméable contre lui.

Le vent souffle si fort qu'ils ont du mal à se tenir droit. Ils risquent à tout moment d'être projetés contre un poteau ou une voiture stationnée. Le ciel bas s'assombrit et les nuages gris acier et menaçants flottent au-dessus d'eux.

À mi-chemin vers la maison, le vent forcit encore. Les branches plient, les poubelles se renversent et les boîtes aux lettres sont secouées. Des branches cassées, des journaux mouillés et des feuilles d'automne agglutinées tourbillonnent autour d'eux.

Une page de journal sale et trempée se plaque sur

le visage de Michael.

— Beurk! grogne-t-il en la retirant.

Une poubelle de métal frappe Paul à la jambe.

— Aïe! crie-t-il en se penchant pour frotter sa jambe. Ça fait mal!

— Tu peux encore marcher? demande Michael.

— Oui, je crois, répond Paul. Quelle journée! D'abord mes fesses et maintenant, ma jambe. Cette pluie est infernale!

Paul fait un pas et grimace de douleur.

— Oh non! s'exclame une femme qui vient de perdre son parapluie devant eux.

Michael court le chercher, mais le parapluie se met à monter jusqu'au-dessus des arbres, comme un ballon gonflé à l'hélium.

— Merci quand même, dit la dame. C'est le deuxième que je perds cette semaine. Quand va-t-il cesser de pleuvoir?

Elle courbe le dos et repart d'un bon pas.

Les garçons aussi courbent le dos pour empêcher

la pluie de leur fouetter le visage. Paul s'arrête souvent pour frotter sa jambe, puis il se remet à boitiller à côté de Michael et ils continuent de marcher ainsi dans la tourmente.

Ils ont l'impression qu'ils ne se rendront jamais jusque chez Michael. Mais finalement, ils tournent dans sa rue. Michael relève la tête. Les rideaux du salon sont ouverts et sa mère est à la fenêtre. Dès qu'elle les aperçoit, elle court leur ouvrir la porte.

— Entrez, dit-elle. Vous êtes complètement trempés.

Elle les fait entrer et donne à chacun d'eux une grande serviette de bain.

— Faites sécher vos bottes et vos manteaux détrempés au sous-sol, dit-elle.

Ils secouent leurs manteaux au-dessus du paillasson de l'entrée et retirent leurs bottes.

— J'espère que ton père n'aura pas à travailler tard ce soir, poursuit-elle. Le temps se gâte rapidement.

— M. Trent va peut-être le laisser partir plus tôt

que d'habitude, dit Michael.

En plus d'être charpentier le jour, le père de Michael travaille trois soirs par semaine dans une station-service.

La mère de Michael soupire.

— C'est peu probable, dit-elle. M. Trent veut toujours garder la station-service ouverte le plus tard possible, surtout quand il fait mauvais.

Les deux garçons descendent le petit escalier qui mène au sous-sol. Paul se tient à la rampe. Il s'arrête à mi-chemin, serre la rampe et grimace de douleur. Puis il descend lentement le reste des marches.

— Ta jambe te fait encore mal? demande Michael tandis qu'ils déposent leurs bottes mouillées à côté de la fournaise.

— Oui, dit Paul. Une poubelle qui fait du vol plané, c'est dangereux.

Ils suspendent leurs manteaux à la corde à linge, au-dessus de l'évier. Puis ils remontent et se rendent à la cuisine.

La mère de Michael leur offre à chacun une tasse de chocolat chaud garni d'une grosse guimauve qui flotte à la surface.

— Tenez, pour vous réchauffer, dit-elle.

— Merci, madame Gordon, dit Paul en prenant une gorgée. Il faudrait que j'appelle à la maison tout de suite. J'ai promis à mes parents de les avertir quand je serais arrivé. Vous connaissez ma mère. Elle est toujours inquiète, surtout quand il fait mauvais temps.

Paul compose son numéro de téléphone.

— Bonjour maman! dit-il. Oui. Je vais bien. Vraiment, je te dis. À demain midi alors.

— Allez, viens, dit Michael. On va monter et commencer notre partie de Monopoly avant le souper. J'ai déjà préparé ma chemise porte-bonheur.

Paul sourit.

— Et j'ai apporté la mienne, dit-il. Ce soir, c'est ma soirée chanceuse. Mon petit doigt me l'a dit.

— Le mien aussi, réplique Michael.

— Le souper sera prêt à dix-huit heures, dit la mère de Michael. On mange du ragoût de bœuf et du riz. Un menu parfait pour une journée comme aujourd'hui.

Elle se dirige vers la fenêtre de la cuisine et jette un coup d'œil dehors.

— Si seulement il pouvait s'arrêter de pleuvoir! ajoute-t-elle. Si ça continue, les routes seront vraiment mauvaises quand ton père va rentrer.

— Les flaques d'eau étaient déjà grandes comme des lacs quand on est rentré de l'école, dit Michael. C'est peut-être l'ouragan Hazel.

— J'ai écouté la radio en vous attendant et personne n'a parlé d'un ouragan, dit-elle. C'est juste une grosse tempête de pluie et de vent. Ça va passer.

— Ta mère a raison, dit Paul.

— Espérons-le, dit Michael.

CHAPITRE SIX

Aussitôt arrivé dans sa chambre, Michael enfile sa chemise porte-bonheur. Sa grand-mère la lui a offerte l'an dernier pour son anniversaire. Elle est en tissu écossais rouge avec deux grosses poches sur le devant. Il la porte toujours quand il joue au Monopoly avec Paul.

Paul prend sa chemise bleue à carreaux porte-bonheur dans son sac de voyage et l'enfile. Sa tante la lui a offerte à Noël et il la porte toujours quand il joue au Monopoly, lui aussi.

Les deux amis installent le plateau de jeu sur le tapis gris, entre les deux lits.

— Et c'est parti! clame Michael d'une grosse voix, comme d'habitude avant de commencer à jouer.

Une heure plus tard, ils sont toujours plongés dans leur partie. Ils ont tous les deux acheté trois propriétés et recueilli quelques loyers.

— Les garçons! appelle la mère de Michael depuis le rez-de-chaussée. Venez m'aider à mettre la table pour le souper.

— On arrive! dit Michael en se levant. Je gagnerai la partie plus tard.

— Comment peux-tu en être si *sûr*? dit Paul tandis qu'ils se rendent à la cuisine. C'est moi qui vais gagner.

Peu après, assis à la table de la cuisine, ils mangent tous avec appétit un gros bol de ragoût de bœuf et de riz.

— Que diriez-vous d'une part de tarte aux pommes chaude avec de la crème glacée à la vanille pour dessert? dit la mère de Michael quand ils ont terminé le plat principal.

— Ouais! répondent les deux garçons en chœur.

La mère de Michael leur donne chacun un bon

morceau de tarte maison, garnie d'une grosse boule de crème glacée à la vanille.

— C'est délicieux, madame Gordon, dit Paul en prenant la dernière miette de tarte dans son assiette.

— C'est la meilleure au monde, dit Michael tandis qu'il dessert la table avec Paul.

— Écoutez! dit la mère de Michael. La pluie s'est presque arrêtée et le vent est tombé. Cette tempête de malheur est peut-être enfin terminée.

— Suis-moi, Paul, dit Michael. Allons finir la partie!

— Ne vous couchez pas trop tard, dit la mère de Michael. Je vais regarder un peu la télé, puis je m'installerai avec un bon livre. Ton père devrait rentrer avant minuit.

— Bonne nuit, maman, dit Michael.

— Bonne nuit, madame Gordon, dit Paul.

— Bonne nuit, les garçons, répond-elle. J'espère que la tempête est vraiment finie et que nous allons nous réveiller par une belle journée ensoleillée.

***

Deux heures et demie plus tard, il recommence à pleuvoir à torrents et le vent frappe de plein fouet la fenêtre de la chambre de Michael. La partie de Monopoly dure toujours. Michael a acheté trois autres propriétés et Paul, quatre. C'est au tour de Paul de lancer les dés.

Il les brasse dans sa main droite, puis souffle dessus deux fois.

— Allez, les dés, dit-il. Portez-moi chance. J'ai seulement besoin d'un…

Mais avant qu'il ait le temps de les lancer, les lumières s'éteignent.

— *Zut de zut*! s'exclame Paul. Ce n'est vraiment pas *le moment*!

— Le vent a dû secouer les lignes électriques, dit Michael.

— Pourvu que ça ne ruine pas notre partie! réplique Paul.

Une minute plus tard, le courant revient.

— Hourra! crie Paul.

Mais les lumières se remettent à clignoter.

Paul grogne.

— Ce n'est pas grave, dit Michael. On peut continuer la partie même s'il y a une panne d'électricité. Regarde!

Il rampe sous son lit et en ressort avec deux lampes de poche.

— Super! s'exclame Paul. Mais pourquoi en as-tu deux?

— Au cas où l'une des deux me lâche, explique Michael. Tu te rappelles la maxime de M. Briggs la semaine dernière : *Soyez toujours prêt à toute éventualité.*

— O.K., dit Paul en lançant les dés. Alors ce soir, je suis prêt à gagner. Trois! Je passe par la case départ une fois de plus. Donnez-moi deux cents dollars, monsieur le banquier.

Il tend la main.

Michael lui donne deux cents dollars, puis lance les dés.

— Quatre! Merci, gentils dés! s'exclame-t-il en brandissant son poing en signe de victoire. Moi aussi, je vais passer par la case départ et recevoir deux cents dollars.

Tandis que Michael compte les billets que la banque lui doit, les lumières se remettent à clignoter et, finalement, s'éteignent pour de bon. Michael allume une lampe de poche.

— Je ne vois pas bien, dit Paul en plissant les yeux. C'est difficile de jouer à la lueur d'une lampe de poche. En plus, je commence à être fatigué.

— Moi aussi, dit Michael en bâillant.

Il dirige le faisceau de sa lampe sur le réveille-matin à côté de son lit.

— Il est onze heures, dit-il. Pas étonnant qu'on soit fatigué, surtout après le retour pénible de l'école à lutter contre le vent et la pluie.

— On finira la partie demain matin, dit Paul.

Ma mère ne viendra pas me chercher avant midi.

— On peut déposer le plateau de Monopoly sur mon pupitre. Demain matin, on se réveillera de bonne heure et on verra bien qui sera le gagnant. Je vais porter ma chemise porte-bonheur par-dessus mon pyjama pour que la chance continue de me sourire pendant la nuit.

Paul bâille.

— Moi aussi, dit Paul. J'ai hâte de gagner, demain.

Il se relève entre les deux lits et grogne.

— Ta jambe te fait encore mal? demande Michael en se glissant dans son lit qui est près de la porte.

Paul fait oui d'un signe de tête.

— Qui aurait pu croire que je me ferais frapper la jambe par une poubelle? dit-il. Et qui aurait pu penser que ça ferait aussi mal?

— C'est la pire tempête que j'ai jamais vue, dit Michael.

CHAPITRE SEPT

— Mais qu'est-ce qui se passe? dit Michael en ouvrant les yeux et en s'assoyant brusquement dans son lit.

— Hein? Quoi? grommelle Paul en se tournant dans son lit.

— Tu n'as pas entendu le gros bruit? dit Michael.

— Trop endormi, répond Paul. Laisse-moi tranquille.

Et il tire sa couverture par-dessus sa tête.

— Je vais aller voir en bas, dit Michael. Je reviens tout de suite.

— O.K., grommelle Paul.

Michael sort de son lit et attrape sa lampe de poche. Une fois dans le couloir, il soulève l'interrupteur, mais rien ne se passe. Encore une panne d'électricité!

Il descend les escaliers avec sa lampe de poche.

Le vent souffle à l'intérieur de la maison. La pluie mitraille le toit. Des branches d'arbres fouettent les vitres. Les poubelles s'entrechoquent dehors, à côté de la porte du jardin. Michael frissonne.

Il s'arrête au milieu de l'escalier et dirige sa lampe de poche vers le salon. Il ne distingue pas grand-chose, même avec sa lampe de poche.

Il entend un autre gros bruit, et la maison est secouée.

Qu'est-ce que c'est que ça?

Il descend une autre marche. Le vent souffle comme s'il passait au travers de la maison. Il entend un drôle de clapotis qui semble à l'intérieur de la maison.

N'y a-t-il donc personne d'autre qui entend ces bruits?

Michael descend encore une marche et dirige sa lampe de poche vers le salon.

— Oh non! s'exclame-t-il, estomaqué.

Le tronc du grand arbre devant la maison s'est

fendu en deux et a défoncé la fenêtre du salon. Le sol est jonché de débris de verre! Il y a des feuilles mouillées et des branches partout sur les meubles. Des coussins, des lampes cassées, des bols de verre brisés et la moitié du vase préféré de sa mère flottent en direction de la cuisine. La pluie torrentielle entre par la fenêtre complètement défoncée.

— Maman! Viens vite! crie-t-il.

Pas de réponse.

— À l'aide! hurle-t-il. La maison est inondée!

— Que se passe-t-il? dit sa mère qui sort de sa chambre tout en boutonnant son peignoir rose, en haut des escaliers.

— Regarde! gémit Michael en dirigeant sa lampe de poche sur le salon.

— Oh mon Dieu! s'exclame sa mère, à la vue du plancher du rez-de-chaussée.

Les yeux écarquillés et le souffle coupé, elle s'arrête et s'agrippe à la rampe.

— Oh non! dit-elle. Qu'allons-nous faire?

Elle dévale les escaliers pour aller rejoindre Michael.

Paul sort de la chambre de Michael en titubant.

— Que se passe-t-il? demande-t-il en se frottant les yeux.

— La maison est inondée! crie Michael.

Paul s'engage dans l'escalier, mais à mi-parcours,

il glisse sur une marche. Il s'agrippe à la rampe et descend la marche suivante en boitant.

— On a besoin d'aide! dit la mère de Michael. Je reviens tout de suite. Donne-moi la lampe de poche. Il faut appeler ton père ou les voisins. Quelqu'un.

Michael tend la lampe de poche à sa mère. Elle traverse le tapis couvert d'eau, puis disparaît dans la cuisine. Le bas de son peignoir traîne dans l'eau.

Elle revient une minute plus tard.

— Le téléphone ne marche plus, crie-t-elle. La rivière est sortie de son lit et la rue est inondée. Des voitures endommagées dérivent avec le courant. Il faut monter! Il faut sortir d'ici!

— Mais pour aller où? demande Michael.

— Il faut monter, et vite, dit-elle. Oh! Si seulement ton père était là! Si seulement on pouvait être sûrs qu'il était en sécurité!

— Papa essaie probablement de rentrer à la maison, dit Michael.

Sa mère se redresse et lui répond :

— Tu as raison. Maintenant, suivez-moi.

Tandis qu'ils remontent les escaliers, des cris et des pleurs leur parviennent de l'extérieur.

— À l'aide!

— Notre maison est démolie!

— Au secours!

— Mon chien!

— Joe? Joe! Où es-tu?

Michael frissonne. Tous leurs voisins sont en difficulté.

Il regarde en bas. Les premières marches sont recouvertes d'eau et le niveau monte à vue d'œil.

Un autre coup ébranle la maison.

Sa mère se retourne, dirige sa lampe de poche vers le bas et étouffe un cri.

Une vague a défoncé la porte d'entrée et des éclats de bois flottent vers la cuisine.

La maison est secouée une fois de plus, mais encore plus fort. On dirait que le plancher se met à bouger.

— Que... Qu'est-ce que c'est? demande Paul. Est-ce que la maison bouge?

— Je... J'espère que non, dit Michael.

— Suivez-moi, ordonne sa mère.

Ils grimpent les marches quatre à quatre. Derrière eux, l'eau est rendue à mi-hauteur de l'escalier et elle monte de plus en plus vite. Bientôt, tout l'étage va être inondé : la chambre de Michael, celle de ses parents, le couloir, les toilettes, la salle de bain. Il faut qu'ils grimpent plus haut. Mais où et comment? Il n'y a qu'une solution.

Soudain, la maison se met à vaciller!

CHAPITRE HUIT

La mère de Michael devient blanche comme un linge.

— La maison bouge, dit-elle.

— Regardez! dit Michael. L'eau a presque atteint le haut de l'escalier. Il faut monter plus haut. Il faut...

— Tu as raison, réplique sa mère. Il faut passer par le grenier pour grimper sur le toit. Vite!

— Attendez! dit Michael. Je reviens tout de suite.

Sans laisser le temps à sa mère de protester, il court chercher l'autre lampe de poche dans sa chambre.

— Allons-y, dit-il.

Dans le couloir, sa mère retire la petite échelle du placard et l'appuie contre la trappe du grenier. Elle gravit quatre échelons, ouvre le panneau, puis se glisse dans le grenier.

— Aïe! dit Paul en pliant sa jambe blessée pour grimper l'échelle.

Michael suit son ami. Il jette un coup d'œil en bas. L'eau a atteint le palier et se répand dans le couloir et les chambres. Une fois arrivé dans le grenier, Michael referme le panneau d'accès derrière lui.

La mère de Michael grelotte.

— On gèle ici, dit-elle en toussant. Et c'est poussiéreux. Attention de ne pas vous cogner la tête, le plafond est bas. Suivez-moi.

Le grenier est plein de cartons de livres, de vieux vêtements et de caissons de vieux disques en vinyle. Il y a aussi un coffre à jouets en bois, deux vieilles chaises bancales et une petite table de métal. C'est très encombré.

La pluie tambourine au-dessus de leurs têtes. Ils sont si près du toit qu'ils sentent la pression du vent dans leurs oreilles. Le plancher de bois craque.

Soudain, la maison bascule un peu plus et ils sont projetés contre les cartons et les meubles. On dirait que le plancher va s'effondrer.

Michael regarde sa mère. L'expression de son visage est grave. Il sait qu'elle pense comme lui : la maison pourrait se détacher de sa fondation et partir avec le courant sur la rivière en crue.

— Il n'y a plus une seconde à perdre, dit la mère de Michael. Il faut grimper sur le toit, et vite!

Elle enjambe les cartons, puis elle pousse le coffre de bois contre le mur, sous la fenêtre du grenier. Elle essaie de l'ouvrir, mais elle reste coincée. Elle secoue le cadre de la fenêtre, pousse, tire, mais rien à faire!

— Elle est coincée, dit-elle. Il faut quelque chose pour briser la vitre.

Michael regarde autour de lui. Il soulève le couvercle du coffre en bois rempli de vieux jouets et trouve sur le dessus un petit bâton de baseball avec lequel il jouait quand il était petit.

— Tiens! dit-il à sa mère en lui tendant le bâton.

— Parfait! dit-elle. Éloignez-vous!

Elle prend son élan en ramenant le bâton au-dessus

de son épaule droite, puis donne un bon coup. La vitre se fendille, mais n'éclate pas en morceaux.

Elle soulève le bâton plus haut et frappe plus fort. Même chose. Elle pince les lèvres, resserre sa poigne sur le bâton et frappe très fort.

La vitre se brise enfin et des éclats de verre volent dans tous les sens. La mère de Michael déloge un gros morceau de verre resté attaché au cadre de la fenêtre et le dépose au pied du mur. Puis elle en retire d'autres morceaux.

— Aïe! crie-t-elle en se frottant la main.

Elle s'est coupée la main droite avec un bout de verre.

Michael rampe jusqu'à un carton de vieux vêtements et prend des manteaux, des foulards, des tuques, des chaussettes et des gants. Il les apporte à sa mère et à Paul. Sa mère enroule sa main blessée dans un foulard, sous la pluie battante qui entre par la fenêtre du grenier. Un filet de sang passe au travers de l'étoffe.

— Il faut faire vite, dit-elle en pointant sa lampe de poche en direction de la fenêtre.

Le plancher s'incline encore plus. Il craque au moindre mouvement.

— Avez-vous senti ça? ajoute-t-elle. J'ai

l'impression que la maison va bientôt être totalement inondée. Il faut qu'on sorte d'ici au plus vite.

Michael sent un goût âcre lui monter dans la gorge. Le toit est à pic. À quoi pourront-ils s'agripper? Il sent ses genoux faiblir. Le goût âcre s'intensifie. Il essaie de l'éliminer en avalant sa salive, mais en vain.

Une fois encore, la maison est secouée. Le plancher est de plus en plus incliné. Michael jette un coup d'œil du côté de Paul qui se mord la lèvre d'anxiété.

— J'y vais la première, en éclaireur, dit la mère de Michael. Suivez-moi tout de suite après. Ne traînez pas.

Elle resserre l'écharpe autour de sa main droite qui saigne. Elle enfile un manteau et des gros bas, puis glisse des gants dans une des grandes poches de son peignoir. Elle place une des vieilles chaises bancales sous la fenêtre.

— Sois prudente, maman, dit Michael.

Il pointe sa lampe de poche dans sa direction. Elle enfonce une tuque sur sa tête et glisse la lampe dans l'autre poche de son peignoir. Elle serre la ceinture de son peignoir et grimpe sur la chaise.

La chaise est instable et sa mère grelotte.

— J'y vais! dit-elle. Tiens bien ta lampe de poche, Michael, et venez vite me rejoindre.

Elle inspire profondément, puis se glisse dans l'embrasure de la fenêtre.

Michael jette un coup d'œil dehors. La pluie mitraille le toit et lui fouette le visage. Où est sa mère? Il ne voit rien et tout ce qu'il entend, c'est le bruit assourdissant de la pluie qui tombe sur les bardeaux et le hurlement du vent.

— Maman? Maman? Où es-tu? crie-t-il.

Aucune réponse!

— Maman! hurle-t-il.

Il entend enfin sa voix, un tout petit filet de voix, et devine quelques mots de ce qu'elle dit.

— ... l'antenne... l'évent... Vite!

Michael et Paul se regardent. Michael a si mal à la tête qu'il n'arrive plus à penser. Et il a mal au ventre comme si on lui avait marché dessus. Une fois de plus, le goût âcre remonte dans sa gorge. Il se tourne vers Paul et constate qu'il tremble. Ils sont tous les deux terrifiés, mais ils n'ont pas le choix. Ils doivent monter tout de suite sur le toit.

— Vas-y, Paul, dit Michael. Je te suis.

— Je... je... bredouille Paul.

— On ne peut plus attendre, renchérit Michael. Vite, dépêche-toi.

Paul enfile un manteau, une tuque et des gants. Il a les yeux écarquillés de peur.

Michael éclaire dehors avec sa lampe de poche. Le ciel est gris acier. Les nuages géants semblent prêts à exploser.

Michael lève les yeux. La pluie tombe moins dru pendant une minute, et il aperçoit sa mère! Elle est accroupie sur le toit pentu, agrippant de ses deux mains l'antenne de télévision. Ses cheveux, son visage et son peignoir sont ruisselants de pluie.

— Vite, Paul, crie-t-elle. Le toit est en pente, mais tu pourras tenir en te couchant. Un tuyau sort du toit. Attrape-le. Tu en es capable.

Elle l'éclaire de sa lampe de poche.

Paul, les mains tremblantes, grimpe sur la chaise. Il passe la tête par la fenêtre. Il grogne de douleur en posant ses genoux pliés sur le bord de la fenêtre. La chaise tombe à la renverse tandis qu'il s'engage sur le toit.

CHAPITRE NEUF

Paul rampe prudemment sur les bardeaux ruisselants de pluie. Il saisit le tuyau qui dépasse du toit. Il le serre très fort, puis s'allonge.

— J'ai réussi! crie-t-il. À toi Michael!

La mère de Michael éclaire la fenêtre du grenier avec sa lampe de poche.

Michael enfile un manteau, met sa lampe dans une poche de côté. Il boutonne la poche et enfonce sa tuque sur sa tête. Michael prend la vieille chaise et la replace devant la fenêtre. Il grimpe dessus, les jambes tremblantes. La chaise bascule et se brise. Il tombe à la renverse sur un caisson de bois. Son épaule droite heurte le bord du caisson. Il ressent une douleur lancinante. Il a l'impression d'avoir l'épaule en feu. Il la frotte et se remet debout.

Le plancher craque et se soulève.

Les mains tremblantes, Michael traîne une autre chaise branlante jusqu'au mur. Il la tient d'une main et, de l'autre, il se hisse jusqu'au bord de la fenêtre. La chaise penche comme une bascule.

— Michael, où es-tu? appelle sa mère d'une voix paniquée qui perce au-dessus de la pluie torrentielle. Que se passe-t-il?

— Michael, vite! crie Paul. L'eau continue de monter dans la maison.

Le cœur de Michael bat si fort qu'il a du mal à réfléchir. Il passe la tête par la fenêtre. Paul, étendu sur le toit dégoulinant de pluie, s'agrippe au tuyau. Sa mère, accroupie un peu plus haut sur le toit, s'accroche de toutes ses forces à l'antenne de télévision. La pluie ruisselle sur leurs visages et leurs vêtements claquent au vent.

Ils entendent un cri venant d'en bas.

— Au secours! À l'aide!

D'autres cris traversent l'obscurité, des cris de désespoir qui leur parviennent malgré la pluie et le vent.

— Allez, Michael! dit sa mère. Maintenant!

Michael a du mal à respirer. Le goût âcre remonte dans sa gorge.

Ne regarde pas en bas. Ne réfléchis pas. Vas-y.

Il sort enfin par la fenêtre, les pieds en premier. Puis, assis sur ses fesses, il se laisse prudemment glisser sur les bardeaux détrempés. Il avance lentement vers sa mère et Paul, mais avant de les atteindre, son pied droit dérape sur un bardeau mal fixé.

Il glisse!

Il tend le bras dans l'espoir de s'accrocher à quelque chose, n'importe quoi qui puisse l'empêcher de tomber du toit, mais il n'y a aucune prise. Absolument rien!

Il bascule dans l'obscurité et s'enfonce dans l'eau glaciale.

Sa bouche se remplit d'eau, puis son nez. Il n'arrive plus à respirer.

Il se propulse vers la surface.

Il ouvre la bouche et prend une grande bouffée d'air, puis il tousse et crache l'eau qu'il a avalée.

Nage, nage! Tu en es capable.

Mais le courant et les remous l'empêchent d'avancer et le font tourner en rond.

Le courant est si puissant qu'il se sent aspiré vers le fond. Il se retrouve de nouveau sous l'eau.

Non! Non! Tu dois rester à la surface!

Il bat des jambes et des bras, et réussit à garder la tête hors de l'eau.

Il entend des cris de détresse dans l'obscurité, qui résonnent autour de lui.

Respire, respire. Tu sais nager, alors nage!

Un gros objet flotte sur l'eau et se dirige vers lui. Il s'approche, il est tout près. Il tournoie et le frappe dans les côtes.

Une porte de garage!

Michael saisit le bord de la porte. Il tente de grimper dessus, mais c'est trop haut, trop glissant. Il fait une autre tentative et ses mains glissent une fois de plus.

Oh non!

La porte est emportée par le courant.

Il nage pour la rattraper. *Hourra*! Il la touche. Il s'agrippe au bord, mobilise toutes ses forces et se hisse dessus.

Il réussit à se coucher sur la porte de bois rugueuse, s'accroche à un bord et s'assoit lentement. La porte a perdu quelques morceaux et sa surface est en mauvais état.

Il se force à respirer lentement et profondément. Il faut qu'il reste sur cette porte, mais c'est difficile, car elle monte et descend au gré vagues et tourbillonne dans les remous. Elle n'arrête pas de bouger. Il a l'impression d'être dans des montagnes russes et son estomac est secoué dans tous les sens. Le goût âcre remonte dans sa gorge.

La porte passe à côté de maisons qui ont été délogées de leurs fondations et ont été emportées par le courant. Elle frappe des débris provenant sûrement de maisons détruites par la tempête.

Michael scrute l'obscurité sans rien distinguer de précis. Il se rappelle alors qu'il a sa lampe de poche. Elle est dans la poche de son manteau. Mais fonctionne-t-elle encore?

Les mains tremblantes, il essaie de déboutonner la poche. L'étoffe est si gorgée d'eau et ses doigts si engourdis qu'il n'arrive pas à manipuler le bouton. Quand il réussit enfin, il plonge sa main dans la poche et saisit la lampe. Elle est mouillée. La main tremblante, il appuie sur le bouton.

Elle fonctionne encore! La lumière est faible, mais suffisante pour y voir autour de lui. Il étouffe un cri en apercevant les débris : une tête de lit, un plateau de table, des bardeaux et même une baignoire!

Où est-il? Où sont sa mère et Paul? Rien de ce qu'il voit ne lui est familier. Soudain, la porte se met à tourner comme une toupie. Il remet prestement la lampe dans sa poche. Il ne faudrait surtout pas qu'il la perde!

La porte continue de tournoyer. Michael a mal à la tête. Il est étourdi et il a froid. Ses mains et ses pieds sont gelés et engourdis. Il n'arrive plus à penser.

Tiens bon! Ne lâche pas!

La porte continue de tourbillonner avec le courant. Le goût âcre remonte encore plus haut dans la gorge de Michael. Il s'agrippe de toutes ses forces au côté de la porte, se penche en avant et vomit dans l'eau. Puis il relève la tête et s'assoit.

Il prend de grandes bouffées d'air frais. La porte ralentit son mouvement de toupie. Il prend encore quelques grandes inspirations. Il se sent moins nauséeux, mais le froid et l'humidité le font grelotter de manière incontrôlable.

Soudain, la porte heurte de plein fouet le mur d'une maison et tangue. Michael perd prise et glisse.

Il va tomber dans l'eau!

CHAPITRE DIX

Michael tente de freiner sa chute avec ses talons et saisit les côtés de la porte. Il se hisse vers le bord qui est coincé contre la maison. La porte heurte de nouveau le mur, moins fort cette fois-ci. Elle se met à tanguer, mais heureusement, ne tombe pas dans les remous.

Comment une maison peut-elle se retrouver au beau milieu de la rivière? se demande Michael.

Soudain, la force du courant détache la porte du flanc de la maison et l'emporte. Puis, Michael perd la maison de vue. La pluie lui fouette le visage. Le vent hurle à ses oreilles. Des bruits d'objets qui s'entrechoquent et des cris de désespoir retentissent partout autour de lui.

Un chien aboie, encore et encore, et de plus en plus

fort. Michael cherche d'où viennent ces aboiements. Il aperçoit l'animal perché sur un toit qui s'est détaché d'une maison. Le toit fonce droit sur lui.

Il croit reconnaître le chien, avec ses longs poils pendants qui lui donnent l'air d'une vadrouille. On dirait Rupert, un chien qui habite au bout de sa rue. Oui, c'est bien lui!

Rupert salue toujours Michael à grands coups de langue quand il passe devant la maison des Langer. Ce chien adore qu'on lui flatte la tête et il raffole des biscuits. Michael aimerait pouvoir tendre le bras et le flatter. Il aimerait tant ébouriffer ses poils trempés et lui dire qu'il n'est plus seul!

— Hé Rupert! crie Michael quand le toit passe près de lui.

Rupert se remet à aboyer. A-t-il reconnu Michael? Il aboie de plus belle. Il arpente le toit, au risque de tomber à l'eau. Mais chaque fois que le toit bascule d'un côté, Rupert retrouve son équilibre.

Est-ce le toit des Langer? Le reste de leur maison a-t-il aussi été emporté par le courant? Qu'est devenue toute leur famille?

Où est la mère de Michael? Et son père? Et Paul?

Michael se sent submergé de tristesse. Si

seulement il avait pu rester sur le toit avec sa mère et Paul. Quelqu'un viendra certainement les rescaper, là-bas. Mais il n'a aucune idée où cette porte se dirige, ni s'il va réussir à rester dessus. Il ne sait pas non plus si elle va s'arrêter.

Il se mord la lèvre. Des larmes coulent sur ses joues. Il n'arrête pas de penser à sa famille et à Paul. Sa mère et Paul l'ont vu tomber du toit. Mais l'ont-ils vu grimper sur la porte ou le croient-ils noyé?

Les aboiements de Rupert sont de moins en moins forts. Puis Michael le perd de vue et les aboiements s'éteignent dans le lointain.

Il se sent seul et à bout de forces.

Il continue de descendre la rivière. Il dépasse un homme perché sur le toit d'une voiture qui est presque complètement immergée. Pour ne pas tomber à l'eau, l'homme s'est agrippé à la portière sans glace. Il crie et appelle à l'aide. Michael lui répond. L'homme réplique à son tour, mais le vent et la pluie couvrent sa voix, empêchant Michael d'entendre ce qu'il dit. La porte sur laquelle se trouve Michael continue sa course.

Puis elle ralentit en approchant d'un petit bouquet d'arbres. Ils sont en mauvais état, sauf un, très grand. Cet arbre se divise en quatre énormes branches à sa base. Il émerge de l'eau, formant comme une petite île. La porte heurte une des branches. Elle ralentit et se met à tanguer. Michael entend un faible bruit. Est-ce un chat qui miaule ou est-ce simplement le vent?

Puis un gros amas de débris arrive et pousse la porte entre les quatre branches de l'arbre dans un bruit sourd.

La porte craque. Michael s'aperçoit qu'elle est en train de se fendre. Elle va se briser en mille morceaux!

CHAPITRE ONZE

Michael s'étire de tout son long et s'agrippe à un des troncs. Ses pieds quittent la porte au moment même où elle se fend en deux. Une partie est emportée par les flots et l'autre revient heurter l'arbre, encore et encore. Finalement, il n'en reste plus que quelques morceaux cassés qui flottent à la surface de l'eau.

Michael s'accroche au tronc de toutes ses forces. La pluie tombe moins dru maintenant. Il vente encore, mais moins violemment. La tempête est-elle terminée? Va-t-on venir à sa rescousse? S'il pouvait grimper plus haut dans l'arbre, il aurait plus de chance qu'on l'aperçoive.

Miaou!

Ce miaulement encore. Michael lève la tête. Plus haut, une des grosses branches se divise en deux et forme une fourche où on peut s'asseoir. Le miaulement vient de là.

Michael grimpe dans l'arbre. L'écorce détrempée par la pluie est aussi glissante que le toit de sa maison, mais il continue de se hisser de plus en plus haut jusqu'à la fourche.

Il se glisse dans l'espace étroit qui ressemble à un siège. Il doit replier ses jambes pour tenir, mais ça va.

Miaou!

Mais où donc est ce chat? Michael ne voit rien dans l'obscurité. Il tâte la poche de son manteau. La lampe y est toujours! Il déboutonne sa poche, prend sa lampe avec précaution, l'allume et la braque vers le haut.

Euréka! Le chat est blotti sur une grosse branche au-dessus de la fourche où Michael s'est juché. Il est de taille moyenne et a le poil roux. Michael a déjà vu un chat de ce genre dans le quartier, mais seulement quelques fois et il ne sait pas à qui il appartient. Un jour, ce chat était venu se frotter contre ses jambes.

Il l'avait flatté et le chat avait ronronné. Puis le chat était reparti et avait disparu au coin de la rue.

Serait-ce le même?

— Bonjour, le chat! l'appelle Michael.

Miaou! Miaou!

Michael s'appuie contre l'arbre. Il est épuisé. Il a mal aux épaules, aux jambes et aux bras à cause de l'escalade. Il éteint sa lampe, la remet dans sa poche et s'appuie de nouveau contre l'écorce mouillée.

Je vais fermer les yeux une toute petite minute.

Mais quelque chose lui chatouille le visage.

Il ouvre les yeux. C'est le chat. Il est descendu de sa branche et a sauté sur les genoux de Michael.

Michael le flatte. Le chat porte un vieux collier sans médaille.

— Comment t'appelles-tu? demande Michael.

Miaou.

Michael sourit.

— C'est un beau nom, dit Michael. Ravi de faire ta connaissance, Miaou.

Le chat, qui semble avoir compris, se frotte contre le bras de Michael.

— Bon, dit Michael. Qu'est-ce qu'on fait maintenant, Miaou?

Le chat ronronne. Il se frotte contre Michael, encore et encore, puis se blottit sur ses genoux.

Michael flatte la tête du chat. Sa compagnie est réconfortante, mais il est toujours aussi fatigué. Ses paupières sont lourdes et se ferment.

Miaou, miaou, miaou!

Michael rouvre les yeux. Le chat lui lèche le visage. Combien de temps a-t-il dormi et qu'est-ce que c'est que ce vrombissement?

Il regarde tout autour de lui.

— Qu'est-ce que c'est? dit-il. On dirait... un hélicoptère!

Effectivement, un hélicoptère tourne en rond dans le ciel.

— Au secours! crie Michael. Je suis là, dans l'arbre. À l'aide! Vite!

Le bruit s'amplifie. L'hélicoptère descend plus bas.

Michael crie à en perdre la voix.

Le pilote l'a-t-il vu?

Le vrombissement est encore plus fort. L'hélicoptère doit être juste au-dessus de lui. Il faut qu'il trouve un moyen de signaler sa présence au pilote. Il déboutonne avec difficulté la poche de son manteau. D'une main, il se tient à l'arbre et, de l'autre, il saisit sa lampe de poche. Puis il s'écarte légèrement du tronc et braque sa lampe allumée en direction du vrombissement. Mais une grosse rafale le plaque contre l'arbre. Sa lampe lui glisse des mains, tombe dans les eaux agitées de la rivière et disparaît.

Miaou se blottit contre Michael et lui lèche le visage.

Le vrombissement de l'hélicoptère est de moins en moins assourdissant. Le pilote a décidé de s'en aller!

Puis Michael n'entend plus du tout l'appareil. Il n'entend que le martèlement des battements de son cœur et du vent qui hurle à n'en plus finir.

CHAPITRE DOUZE

Miaou ronronne et se frotte contre les bras et les jambes de Michael. On dirait qu'il a deviné que Michael est mort de peur et de solitude.

Michael flatte le chat. Il est content de l'avoir auprès de lui, mais combien de temps pourra-t-il encore tenir perché dans cet arbre?

Il est fatigué, il a soif, il est trempé et ses idées s'embrouillent. La rivière est toujours pleine de remous. Une faible lueur réussit à percer la masse de nuages gris et menaçants. Le soleil va bientôt se lever. Mais à quoi bon s'il ne peut pas descendre de cet arbre?

Miaou.

Le chat se frotte contre son visage.

Rrrr!

Michael entend un autre bruit qui vient d'en bas. Il baisse la tête pour voir. On dirait le bruit d'un moteur. Un bateau viendrait-il par ici? Il scrute la pénombre, mais ne distingue rien de précis.

Il tend l'oreille.

Le bruit est plus fort et plus net maintenant. C'est bien celui d'un moteur. Il y a un bateau sur la rivière.

Michael appelle à l'aide, mais sa voix est enrouée. Le bruit du moteur va-t-il la couvrir? Et celui du vent? Le bateau va-t-il s'arrêter près de l'arbre? Si personne ne l'entend, personne ne le trouvera!

Le bruit du moteur s'amplifie, puis s'arrête.

Michael essaie de crier, malgré sa voix enrouée.

— Au secours! dit-il. Je suis dans l'arbre. À l'aide, je vous en prie!

— Il y a quelqu'un? dit une voix venant d'en bas.

— Je m'appelle Michael. Je suis là-haut, dans le gros arbre!

— Hé, Ted! Je crois qu'il y a quelqu'un dans l'arbre. Vois-tu quelque chose?

— On va s'approcher, dit Ted. Tu me donneras ta lampe de poche et je la braquerai sur l'arbre. Je suis sûr d'avoir entendu une voix.

— Je ne sais pas si je vais pouvoir immobiliser la chaloupe bien longtemps; le courant est fort, dit l'autre. Mais voilà toujours la lampe de poche.

Un faisceau de lumière éclaire le bas de l'arbre, puis se met à remonter vers le haut, jusqu'au-dessus de la fourche où Michael est perché.

Michael crie, encore et encore, mais sa voix est maintenant presque éteinte et il sait que les deux hommes ne peuvent pas l'entendre.

Soudain Miaou saute des genoux de Michael et grimpe dans l'arbre jusqu'à l'endroit éclairé par la lampe de poche.

— Hé Ted! Il y a un chat dans l'arbre. Oh là là! Regarde-le faire!

Miaou descend de la haute branche et revient

vers la fourche où Michael est recroquevillé.

Les hommes suivent les mouvements du chat avec leur lampe.

— Regarde! Il y a un enfant dans l'arbre.

La lampe de poche est braquée sur le perchoir de Michael.

— Hé, jeune homme! dit le sauveteur. On t'a trouvé. On va t'aider.

Michael voudrait leur répondre, mais il a totalement perdu la voix. Il ne lui reste plus qu'à attendre d'être secouru.

Il attend. Il n'entend rien d'autre que le vent.

Pourquoi les deux hommes ne disent-ils plus rien? Devrait-il descendre de son perchoir ou vont-ils grimper pour venir le chercher?

Michael attend encore longtemps. Puis il entend le bruit du moteur. La chaloupe s'approche-t-elle ou s'en va-t-elle? Difficile à dire...

Il devrait peut-être descendre. De cette façon, il sera plus facile à atteindre. S'il était plus bas dans l'arbre, ils pourraient au moins lui dire quoi faire.

— Viens, Miaou! dit-il. On s'en va d'ici.

Michael prend le chat dans ses bras et le glisse à l'intérieur de son manteau. Puis il s'agrippe au tronc et se met à descendre prudemment. Le chat roux n'arrête pas de gigoter et finit par s'extraire du manteau de Michael. Il se sauve vers le bas de l'arbre.

— Miaou! appelle Michael. Où vas-tu?

CHAPITRE TREIZE

Miaou descend à toute vitesse, puis s'arrête sur une grosse branche qui surplombe la rivière.

Michael descend à son tour, puis s'installe sur la branche, à côté de Miaou, en serrant le tronc de son bras.

Il entend un bruit de moteur. Il distingue deux hommes à bord de la chaloupe qui est tout près!

— Hé! crie le costaud qui conduit l'embarcation. Je m'appelle Richard et lui, c'est Ted.

Ted, un grand type dégingandé, salue Michael de la main.

— Je m'appelle Michael Gordon.

— Tu peux tenir le coup encore un peu? dit Ted. On va t'aider.

— Je vais essayer, dit Michael.

La pluie torrentielle s'est changée en crachin et le vent s'est un peu calmé. Michael est trempé jusqu'aux os et est très fatigué. Il lui reste à peine assez d'énergie pour s'agripper au tronc glissant.

Les deux hommes tentent d'approcher la chaloupe de l'arbre, mais le courant les fait dévier. Ils font plusieurs tentatives avant de réussir à s'approcher de l'arbre.

— Ça y est! dit Ted.

Toujours agrippé au tronc, Michael prend Miaou sous son autre bras.

— Tu vas être en sécurité maintenant, dit-il au chat qui gigote.

Il s'écarte du tronc et laisse tomber Miaou dans les bras de Richard.

Le chat miaule et se tortille quand Richard l'installe dans la chaloupe.

— Maintenant à toi, Michael, dit-il. Penche-toi vers moi, je vais t'attraper.

Michael se penche, mais au moment où il va toucher la main de Richard, un tas de débris transporté par le courant vient frapper la coque de la chaloupe. L'embarcation s'écarte de l'arbre avant d'être emportée par le courant.

— Attends! dit Ted. Ne t'inquiète pas, on revient tout de suite.

Et la chaloupe s'éloigne.

Richard et Ted essaient de diriger la chaloupe vers l'arbre, mais le courant est si puissant qu'il les emporte dans la direction opposée, l'embarcation dérive de plus en plus loin de Michael!

Toujours agrippé à l'arbre, Michael est découragé. Il ne pourra pas tenir bien longtemps sur cette branche. Il serre son étreinte autour du tronc afin de diminuer la pression de son poids sur la branche. Il n'a aucune envie de tomber dans l'eau de la rivière, glaciale et pleine de remous.

Il faut absolument qu'il grimpe dans l'arbre, mais ses jambes et ses bras sont extrêmement faibles.

Il frissonne. Il grelotte de froid sans pouvoir s'arrêter. Quand la chaloupe va-t-elle revenir? Le temps presse!

Michael grimpe de nouveau vers la fourche, mais ses mains et ses jambes sont trop douloureuses et il perd sans cesse prise sur l'écorce mouillée. Heureusement, il réussit à se rattraper à chaque fois. Il a mal partout. Il est étourdi, sa tête le fait souffrir, mais il continue de grimper.

Il est rendu à mi-chemin quand il entend crier son nom.

Richard et Ted sont de retour, à bord d'une plus grosse embarcation!

— Tu peux descendre, Michael. Le moteur de cette chaloupe est plus puissant que l'autre.

— J'arrive, répond Michael.

Michael redescend. La chaloupe approche de l'arbre. Le courant les fait dévier constamment, mais Richard et Ted réussissent à garder le cap. Ils s'approchent le plus près possible de l'arbre

— Vite! crie Richard. Rampe jusqu'au bout de la branche et saute dans la chaloupe. Tu peux le faire!

Michael regarde les remous. Son cœur bat la chamade tandis qu'il progresse lentement sur la branche glissante. Puis il arrive au-dessus de la chaloupe et se laisse tomber.

Sa chemise s'accroche à quelque chose de pointu au passage et se déchire et il atterrit au fond de la chaloupe. Il s'assoit ensuite sur le petit siège de bois à l'arrière.

— Merci, dit-il.

Les deux hommes l'emmitouflent dans une couverture bien chaude et lui tendent une bouteille remplie d'eau. Il en prend une grande goulée. Que c'est bon!

— Où est le chat? demande-t-il.

— Un de nos amis l'a amené dans un refuge pour animaux, dit Richard.

— C'est un chat extraordinaire, dit Michael. Son propriétaire est sûrement à sa recherche.

Richard tapote le dos de Michael.

— Tu t'en es bien occupé, dit-il.

Michael appuie son dos contre le dossier du siège en bois. Il est content que le chat soit en sécurité et il est soulagé d'être sain et sauf. Mais sa mère et son père? Que leur est-il arrivé? Et à Paul?

— Pouvez-vous m'aider à retrouver mes parents? dit-il. Je ne sais pas où ils sont ni ce qui a pu leur arriver.

— Bien sûr, dit Ted. On va t'aider, promis.

CHAPITRE QUATORZE

Michael ferme les yeux. Il n'a qu'une envie : dormir.

Dès que l'embarcation arrête, Michael se réveille. Richard amarre la chaloupe.

— Et voilà, dit-il. Maintenant, suis-moi. On va trouver un représentant de la Croix-Rouge qui va te fournir des vêtements secs et un déjeuner. Il va aussi t'aider à retrouver ta famille. Tu dois aussi être examiné par un médecin. Tu es très pâle et tu n'as pas cessé de grelotter depuis qu'on t'a trouvé.

***

Les heures qui suivent se déroulent comme dans un brouillard. On amène Michael dans un abri pour les victimes de l'ouragan. Une dame de la Croix-Rouge s'occupe de lui avec empressement.

Elle lui apporte un jean et une chemise, tous deux beaucoup trop grands pour lui, mais il s'en moque. Au moins, ce sont des vêtements secs et chauds. Puis elle lui offre un sandwich au fromage et du lait. Il lui demande de l'aider à trouver ce qui est arrivé à sa famille et à Paul. Elle dit qu'elle va faire de son mieux, mais que la situation est très compliquée. On en est encore à dresser la liste des survivants.

À onze heures du matin, un médecin reçoit Michael dans une salle d'examen de fortune. Il prend sa température, examine ses yeux et son nez, et prend son pouls. Il lui dit qu'il a eu de la chance, qu'après tout ce qu'il a vécu, il s'en tire très bien, et que quelques jours de repos devraient suffire à le remettre d'aplomb.

Michael remercie le docteur et se lève.

— Je ne sais pas où aller, dit-il. Je ne sais pas où est ma famille ni ce qui lui est arrivé.

— Suis-moi, dit le docteur en l'entraînant vers

l'extérieur. On va voir quelles informations on peut trouver.

Ils n'ont pas encore passé la porte quand une infirmière entre en trombe, puis murmure quelque chose à l'oreille du docteur.

— Je vois, dit celui-ci avec un sourire. Michael, viens par ici.

Il conduit Michael dans une autre pièce.

— Je crois que tu vas trouver ici les réponses à tes questions, dit-il.

La porte s'ouvre.

— Michael! s'exclame sa mère.

Elle court vers lui et le prend dans ses bras.

— Oh, fiston! dit son père en le serrant dans ses bras lui aussi.

Michael se pince les lèvres. Il ne veut pas pleurer, mais il est si heureux d'avoir retrouvé ses parents qu'il ne peut s'en empêcher.

— J'étais si inquiet pour vous deux, dit-il d'une voix chevrotante. Que s'est-il passé sur le toit, maman? Et toi, papa, où étais-tu?

Ils pleurent, ils se serrent dans les bras et, malgré toutes ces émotions, ils réussissent à raconter ce qui leur est arrivé. Le père de Michael était resté coincé près de la station-service. Après la fermeture de la station-service, les routes étaient déjà inondées et il n'avait pas pu se rendre à la maison en voiture. Il avait rencontré des gens qui avaient une embarcation et qui l'ont amené près de la maison. Ensuite, il avait passé le reste de la nuit à tenter de retrouver sa famille.

La mère de Michael et Paul avaient été rescapés par un bateau peu de temps après que Michael soit tombé à l'eau. On les avait emmenés dans une église, comme beaucoup d'autres victimes de la tempête.

C'est là que le père de Michael les avait retrouvés. Une bénévole avait appelé les parents de Paul qui étaient venus chercher leur fils presque aussitôt pour le ramener chez eux.

Les parents de Michael avaient demandé à tous les rescapés et tous les représentants de la Croix-Rouge présents dans le refuge s'ils avaient vu leur fils ou entendu parler de lui. Ils étaient restés sans nouvelles de lui jusqu'à quelques minutes auparavant.

Entre-temps, ils avaient appris que leur maison avait été détruite, comme beaucoup d'autres dans leur quartier. Ils ne pourraient jamais retourner habiter là. Ils retourneraient sur les lieux quand l'endroit serait déclaré sécuritaire et verraient ce qu'ils pourraient sauver du désastre, mais il ne resterait probablement pas grand-chose.

— Nous avons presque tout perdu, dit son père. Mais tu ne peux pas imaginer mon soulagement quand j'ai retrouvé ta mère et Paul ni mon angoisse de ne pas savoir où tu étais, Michael.

— Où allons-nous habiter? demande Michael.

— Avec la famille de Paul, répond son père. Ils ont dit qu'on pouvait rester chez eux jusqu'à ce qu'on trouve à se loger. Heureusement, il n'y a pas eu beaucoup de dommages dans leur rue, seulement un peu d'eau dans quelques sous-sols.

— Ils nous sont très reconnaissants d'avoir aidé Paul à survivre à cette catastrophe, ajoute sa mère. Il a été très secoué, mais ça va mieux. Je t'ai vu t'accrocher à la porte de garage, Michael. Mais ensuite, je t'ai perdu de vue. Je n'avais aucune idée de ce qui était advenu de toi. C'était horrible!

Elle éclate en sanglots.

— Ne pleure pas, maman, dit Michael. Je suis là, maintenant.

— Quand je pense à ce que tu as dû endurer, j'ai la chair de poule, dit-elle. Je suis si reconnaissante que tu aies été rescapé. Il y a tant de gens qui sont venus prêter main forte aujourd'hui.

CHAPITRE QUINZE

Le mercredi suivant, Michael est de retour à l'école, tout comme la plupart des enfants. Quelques-uns, dont Yannick, Jim et lui-même, ont perdu leur maison. Jim est de retour en classe, mais pas Yannick. Sa grand-mère est morte durant la tempête. Elle était en visite chez eux. Elle est tombée dans les escaliers quand leur maison s'est effondrée. En ce moment, Yannick habite chez son grand-père à la campagne avec sa famille.

Emma, dont le pupitre est derrière celui de Michael, a perdu son chien. En apprenant cette triste nouvelle, Michael a une pensée pour Rupert, le chien des Langer. Il a survécu à sa chevauchée sur le toit et a retrouvé sa famille. Mais leur maison a été lourdement endommagée et ils cherchent à se loger eux aussi. Pour les proches voisins de Michael et tous les résidents de ce quartier, rien ne sera plus jamais pareil.

Deux élèves de la classe et leurs familles sont partis habiter avec de la parenté à l'extérieur de Toronto et ne reviendront pas à l'école avant un certain temps.

Mais la classe a décidé que le concours oratoire aurait lieu comme prévu.

— Tu as choisi un sujet d'actualité : les ouragans, dit M. Briggs à Michael avant la récréation du matin. Qui aurait cru qu'un ouragan allait frapper Toronto?

La cloche sonne. Michael et Paul sortent en courant.

— Et si on jouait au Monopoly ce soir? dit Paul. Il faut qu'on brise notre égalité. Je vais gagner, même si ma chemise porte-bonheur bleue est en lambeaux à cause de l'ouragan. Mon petit doigt me l'a dit.

— N'y compte pas trop, réplique Michael en riant. Moi aussi, mon petit doigt m'a dit que j'allais gagner, même sans ma chemise porte-bonheur.

— On verra bien lequel de nous deux a un petit doigt qui se trompe! rétorque Paul.

Les deux amis rient de bon cœur en courant dans la cour d'école vers leur coin préféré pour jouer à se lancer la balle. Au bout de dix minutes, Paul dit :

— Hé, Michael! Regarde qui arrive!

Michael se retourne. C'est Jim. Que leur veut-il? C'est son premier jour à l'école, lui aussi. Il n'a pas dit un mot à Michael ni à personne d'autre. M. Briggs lui a demandé s'il allait bien et il a répondu par l'affirmative. Mais il y a chez lui un je-ne-sais-quoi de différent.

Peut-être parce que Yannick n'est pas là. Peut-être parce qu'il a perdu sa maison et tout ce qu'il possédait. Michael ne sait pas comment Jim a été secouru. Tout ce qu'il sait, c'est que sa famille s'en est sortie et qu'ils sont tous en vie.

— Désolé pour ta maison, dit Michael.

— Merci, dit Jim. Désolé pour la tienne aussi. J'ai entendu dire que ça n'a pas été facile pour toi pendant la tempête. Apparemment, tu es resté coincé dans un arbre et tu t'es montré très courageux.

— Oui, ça a été dur, dit Michael. Je me suis retrouvé d'abord perché sur un toit, puis dans un arbre!

— Avec un chat, paraît-il, ajoute Jim.

Michael et Paul échangent un regard. Comment Jim peut-il être au courant?

— Qui te l'a dit? demande Michael.

— C'est Francine, la dame qui s'occupe du refuge pour les animaux, répond Jim. Tu as sauvé notre chatte Gingembre.

Michael écarquille les yeux. Richard avait appelé Michael deux jours après son sauvetage pour prendre de ses nouvelles. Il lui avait dit que le propriétaire du chat avait été retrouvé. Et maintenant, Michael venait d'apprendre qui était le propriétaire!

— C'est une chatte extraordinaire, dit Michael. Elle m'a tenu compagnie dans l'arbre et c'est en partie grâce à elle que nous avons été sauvés.

— Elle est très intelligente, dit Jim avec un sourire. On pensait l'avoir perdue pendant tout ce temps. Mon petit frère Herbie n'a pas arrêté de pleurer. On est parti de la maison au début de la tempête, mais Gingembre était introuvable. On a demandé à tout le monde s'ils l'avaient vue, mais sans succès. On est allé se renseigner au refuge pour animaux, mais elle n'y était pas. On y est retourné une heure plus tard et cette fois, elle y était! Francine nous a alors raconté ce que tu as fait pour elle. Apparemment, tu as voulu t'assurer qu'on s'en occuperait avant même qu'on t'aide à descendre de l'arbre. Alors je tenais vraiment à te remercier. Merci Michael. Quand on sera installé dans une autre maison, tu pourrais venir chez moi si tu veux.

— Merci, dit Michael. Ce sera avec plaisir.

— Entendu, répond Jim.

Il se retourne et se dirige vers l'école.

La cloche sonne.

— Eh bien! s'exclame Michael. Est-ce que j'ai la berlue? Gingembre appartient à Jim et il me remercie, moi!

— Tu devrais en parler dans ton exposé sur les ouragans, vendredi prochain, dit Paul. Tout le monde aime les histoires qui ont une fin heureuse.

— Je ne sais pas ce que je vais dire exactement, vendredi, dit Michael. Mais je t'assure que lire au sujet d'une catastrophe et la vivre, ce n'est pas du tout la même chose

CHAPITRE SEIZE

En se réveillant, le jour du concours oratoire, Michael a mal au ventre. Il va devoir faire son exposé devant toute la classe. Si seulement il avait sa chemise porte-bonheur rouge pour l'aider à surmonter ce défi! Malheureusement, elle est en lambeaux.

Il s'est bien préparé pour son exposé. Il a lu plusieurs livres et articles portant sur les ouragans. Il a lu tous les articles récemment parus dans les journaux au sujet de l'ouragan Hazel. Il a répété sa présentation orale une dizaine de fois devant le miroir, dans le sous-sol de Paul. Néanmoins, il est encore anxieux à l'idée de parler en public.

Paul lui a dit qu'il s'en tirerait très bien. Ses parents affirment qu'il va être excellent. Il maîtrise bien son sujet. Alors pourquoi a-t-il l'estomac qui gargouille?

Il est le premier à faire sa présentation, ce qui est à la fois un avantage et un inconvénient. C'est un avantage de passer avant Jim qui parlera de motocyclettes et de Paul qui parlera de requins. Ils sont tous deux de bons orateurs et il serait plus difficile de bien les écouter en attendant son tour.

Le désavantage, c'est qu'il ne lui reste plus de temps. Dans quelques heures seulement il sera devant la classe.

En chemin vers l'école en compagnie de Paul, il essaie de ne plus y penser, mais l'angoisse continue tout de même à le tenailler.

Puis tout va très vite. M. Briggs lui demande de venir se présenter devant la classe. Son cœur bat la chamade.

Tu connais ton exposé par cœur, se dit-il tout en s'avançant dans les rangs, les jambes flageolantes.

Il s'éclaircit la voix et tousse deux fois.

Puis il plonge.

Personne n'aurait pu imaginer qu'un ouragan viendrait frapper Toronto. On a toujours cru que les ouragans ne touchaient que des endroits comme les Antilles, la Floride, le sud des États-Unis ou le Mexique. Qui aurait pu deviner qu'un ouragan se rendrait si loin au nord?

Pourtant, c'est ce qui est arrivé le 15 octobre dernier : l'ouragan Hazel s'est abattu sur Toronto. Je n'oublierai jamais ce qui est arrivé à ma famille, à notre maison, nos amis et nos voisins quand Hazel nous a pris par surprise. Je n'oublierai jamais les 81 victimes ni les innombrables blessés. Je n'oublierai jamais les quelque 2 000 malheureux qui se sont retrouvés à la rue, dont moi-même et quelques-uns d'entre vous.

Je n'oublierai jamais non plus ceux qui ont affronté l'horrible pluie torrentielle, les vents puissants et déchaînés, et le grand froid humide pour venir nous sauver. Cette nuit-là, le danger menaçait partout. Les pannes d'électricité touchaient plusieurs quartiers. La passerelle qui enjambe la rivière Humber et que plusieurs d'entre nous empruntent pour nous rendre à l'école s'est rompue et ses débris ont défoncé plusieurs maisons inondées. Le courant était devenu si fort que les chaloupes à moteur avaient souvent du mal à se rendre jusqu'aux malheureux à rescaper.

Ma mère et Paul m'ont aidé à grimper sur le toit de la maison, mais je suis tombé à l'eau. J'avais peur, j'avais froid, mais j'ai eu de la chance. Une porte est passée près de moi et j'ai pu me hisser dessus. Quelques heures plus tard, elle s'est brisée, mais j'ai pu grimper dans un arbre. Une gentille chatte qui s'appelle Gingembre était déjà perchée dans l'arbre et m'a aidé à rester calme. Elle a même réussi à attirer l'attention des sauveteurs en miaulant et en courant de haut en bas de l'arbre. Je l'ignorais à ce moment-là, mais j'ai appris depuis que Gingembre appartient à notre camarade de classe Jim.

Depuis que cet ouragan nous a frappés, j'ai entendu parler de gens extraordinaires, comme Richard et Ted qui m'ont secouru. De simples citoyens qui se sont portés à la rescousse de leurs voisins. Certains se sont ensuite retrouvés en détresse et ont dû être rescapés à leur tour. Les sauvetages étaient si difficiles à effectuer qu'il a fallu demander l'aide des forces armées. Les pompiers et les policiers ont mis leur vie en danger. Cinq pompiers de la caserne de Kingsway-Lambton ont perdu la vie en tentant de sauver des malheureux prisonniers de leurs voitures.

Un résident de Woodbridge a sauvé vingt-sept chats et quatorze chiens. Un policier, Jim Crawford, et son frère Patrick, qui n'étaient pas de service ce soir-là, ont pris une chaloupe et ont rescapé cinquante victimes qui s'étaient réfugiées sur des balcons ou au bord de fenêtres. Un hélicoptère a récupéré M. et Mme Joseph Ward dans notre quartier de Weston.

Les médecins et les infirmières ont fait des heures supplémentaires pour soigner les blessés.

Toronto ne s'attendait pas à être frappée par un ouragan. Nous n'étions pas préparés à un tel événement. Mais en définitive, je suis fier de notre ville et je suis heureux que tout le monde de notre classe soit sain et sauf suite à cette terrible journée.

Michael s'assoit. Dans la classe, c'est un tonnerre d'applaudissements. Paul et Jim lui font le signe V pour victoire avec leurs doigts.

Michael est radieux!

Bizarrement, dès qu'il s'était mis à parler, ses genoux avaient cessé de trembler, les battements de son cœur s'étaient calmés et, surtout, les mots étaient sortis de sa bouche sans aucune difficulté.

Note de l'auteure

L'ouragan Hazel, qui a frappé Toronto le 15 octobre 1954, a pris tout le monde par surprise. Personne n'aurait jamais cru qu'un ouragan puisse se rendre si loin au nord. Néanmoins, des conditions inhabituelles lui ont permis de suivre cette trajectoire catastrophique. La tempête s'était formée dans l'Atlantique autour du 5 octobre et avait fait des dégâts en Haïti, en Caroline du Sud et du Nord et dans la banlieue de Washington. Après avoir parcouru plus de 1 100 kilomètres vers le nord au-dessus des terres, elle avait rencontré un front froid en Pennsylvanie, puis avait obliqué vers le nord-ouest et s'était abattue sur Toronto.

À ce moment-là, l'ouragan Hazel, de catégorie 4, avait été rétrogradé au rang de tempête tropicale. Néanmoins, c'était encore une tempête très violente, capable de causer d'importants dégâts. Pour ne rien arranger, on avait peu d'expérience des ouragans à Toronto. La ville n'était pas préparée à recevoir des pluies diluviennes accompagnées de vents violents. Le sol argileux, déjà gorgé d'eau à cause de plusieurs jours de pluie continuelle, s'est retrouvé saturé avec ces nouvelles précipitations. Les cours d'eau, déjà au-dessus de leur niveau normal, ont alors débordé.

Toutes ces conditions réunies ont provoqué de graves inondations. Des maisons se sont détachées de leurs fondations, des voitures ont échoué dans l'eau profonde, des ponts en mauvais état ont été rompus et bien des gens se sont retrouvés dans une situation précaire.

J'ai situé l'action du roman *Ouragan* dans le quartier de Weston, à Toronto, près de la rivière Humber. Ce quartier a été l'un des plus durement touchés par l'ouragan. Sur Raymore Drive, une rue qui longe la rivière, plus de trente personnes sont mortes, soixante familles se sont retrouvées à la rue et quatorze maisons ont été détruites.

Voici ce que raconte David Philips, témoin de cette nuit fatidique dans la rue Raymore Drive : « Je voyais les maisons emportées par la rivière. Je suis parti en courant pour aller aider, mais il n'y avait rien à faire. On a tenté d'utiliser une embarcation, mais le courant était trop fort... Et l'eau ne cessait de monter. Nous sommes restés là, impuissants, à regarder les gens périr. »

Raymore Drive, autrefois une rue résidentielle paisible, a subi tant de dommages pendant l'ouragan Hazel qu'elle n'a jamais été reconstruite et les berges de la rivière sont devenues un parc municipal.

Frieda Wishinsky

Des maisons emportées par les flots de la rivière Humber après le passage de l'ouragan Hazel.

Quelques faits sur les ouragans

- L'ouragan Hazel s'est officiellement formé non loin de l'île de la Grenade, près des côtes sud-américaines, vers le 5 octobre 1954.

- Hazel était la huitième tempête tropicale de la saison.

- Entre 400 et 1 000 personnes sont mortes en Haïti à cause d'Hazel et presque la moitié des récoltes de café et de cacao ont été détruites.

- Environ 100 personnes sont mortes aux États-Unis à cause d'Hazel. L'ouragan a entièrement détruit la ville de Garden City, en Caroline du Sud.

- En Ontario, 81 personnes sont mortes, 1 900 personnes se sont retrouvées à la rue et les dommages se sont élevés à des millions de dollars. Plusieurs considèrent qu'Hazel est la pire catastrophe naturelle de toute l'histoire du Canada.

- L'échelle de Saffir-Simpson classe les ouragans de 1 à 5, selon la force des vents. Les ouragans les plus puissants et les plus destructeurs reçoivent la cote 5. L'ouragan Katrina, qui a frappé le sud des États-Unis en 2005, était de catégorie 3. Les ouragans les moins destructeurs sont de catégorie 1.

- L'ouragan Hazel a atteint le niveau 4, mais en se déplaçant vers le nord, il a été rétrogradé à l'échelon 1 et qualifié de tempête tropicale. Néanmoins, la tempête a provoqué de graves inondations en Ontario.

- L'œil d'un ouragan est une période d'accalmie au milieu de la tempête. L'ouragan n'est pas terminé, au contraire il reste encore autant de vent et de pluie à venir, sinon plus.

- Les berges de la rivière Humber dans le quartier Weston de Toronto étaient particulièrement vulnérables parce qu'elles étaient basses et presque dénuées d'arbres qui auraient pu absorber une partie des précipitations.

- Quarante routes principales ont été inondées dans la région de Toronto après le passage d'Hazel. Des trains de passagers ont déraillé et quarante ponts ont été détruits ou gravement endommagés.

- Plusieurs météorologistes, les experts qui étudient les phénomènes climatiques, considèrent que les ouragans sont les tempêtes les plus destructrices de toutes. Contrairement aux tornades, qui n'affectent que d'étroites bandes de territoire, les ouragans peuvent causer d'énormes dommages sur de très vastes étendues.

- En 1495, trois vaisseaux espagnols croisant au large de l'île de Saint-Domingue ont été pris dans une violente tempête et ont sombré. Les survivants ont alors adopté le mot *huracan* utilisé par la population locale pour désigner la tempête qui les avait frappés. Ce mot s'est ensuite répandu dans les différentes langues européennes pour devenir *ouragan* en français et *hurricane* en anglais.

- On baptise chaque tempête tropicale et, si elle passe au stade d'ouragan, elle conserve son nom.

- On baptise les ouragans afin de faciliter la communication. Avant 1953, on les nommait en prenant le chiffre de l'année en cours auquel on ajoutait une lettre en suivant l'ordre alphabétique. Par exemple, 1933A, 1933B, etc. Ensuite, pendant plusieurs années, on leur a donné des prénoms de femmes, comme Hazel. À partir de 1979, on leur a donné des prénoms de femmes et d'hommes, en alternance. Pour les nommer, on utilise toutes les lettres de l'alphabet sauf Q, U, X, Y et Z parce que peu de prénoms commencent par ces lettres.

- À la suite du désastre causé par Hazel, la ville de Toronto a pris des mesures en adoptant son plan de lutte contre les inondations et de conservation des eaux (1959).

Dans la même collection :

ISBN 978-1-4431-5140-5

Quelques secondes ont suffi pour changer la vie d'Alex à tout jamais. Par une belle journée ensoleillée, il construit un fort de neige aux proportions épiques avec ses deux amis, Ben et Ollie. Mais une avalanche les engloutit. Blessé et hébété, Alex doit garder son sang-froid afin de se libérer et de sauver ses amis.

ISBN 978-1-4431-5141-2

Albert et Sarah sentent une secousse. L'*Empress of Ireland* tangue. Les gens crient. Le personnel ordonne aux passagers de se rendre aux canots de sauvetage. L'eau entre dans le paquebot, les passagers se précipitent vers les ponts supérieurs. Le paquebot gîte dangereusement. Les canots de sauvetage s'écrasent. Albert et Sarah n'ont pas le choix; ils sautent dans l'eau glaciale du fleuve Saint-Laurent.